AF295741

L'ARC DE TRIOMPHE,

TABLEAU-VAUDEVILLE,

Par MM. CARMOUCHE et EMILE VANDER-BURCH.

Représenté pour la première fois, à Paris, sur le Théâtre de la Gaîté, le 16 décembre 1823.

Prix : 5o cent.

A PARIS,

AU GRAND MAGASIN DE PIÈCES DE THÉATRES, ANCIENNES ET MODERNES,

Chez M.me HUET, Libraire-Éditeur, rue de Rohan, n°. 21, au coin de celle de Rivoli;

Et chez BARBA, Libraire, Palais-Royal.

1823.

〜〜〜〜〜〜〜〜〜〜〜〜〜〜〜〜〜〜〜

PERSONNAGES.	ACTEURS.
LE COLONEL ST.-ERNEST	M. BRÉGI.
DESCHAMPS, laboureur	M. LEQUIEN.
DENISE, sa fille...................	Mad. ADOLPHE.
GERMAINE MATREAU, sœur de Deschamps.....................	Mad. CHEZA.
CHARLOT, son fils, tambour au régim.	M. FRANCISQUE.
LAGRENADE, serg.-major de grenadier.	M. MERCIER.
M. PINCEMAILLE...................	M. PARENT.
Mad. MALASSIS, loueuse de chaises...	Mad. MITONNEAU.
FLORE, bouquetière................	Mad. MILLOT.
UN PEINTRE.	
UN MAÇON.	
UNE BONNE.	
UN ENFANT.	
BOUQUETIÈRES.	
BOURGEOIS.	
SOLDATS.	
PAYSANS.	

La scène se passe aux Champs-Élysées.

Vû au Ministère de l'Intérieur, conformément à la décision de S. Ex., en date de ce jour.

Paris, le 28 Novembre 1823.

Par ordre de son Excellence,
Le Chef adjoint au Bureau des Théâtres,
COUPART.

F.-P.-HARDY, imprimeur, rue Neuve-St.-Médéric, n°. 44.

L'ARC DE TRIOMPHE,

TABLEAU-VAUDEVILLE, EN UN ACTE.

~~~~~~

Le Théâtre représente les Champs-Elysées, près de la barrière de l'Étoile ; à gauche, une barraque de marchand de vin, ayant pour enseigne : AU RETOUR DES BRAVES.

~~~~~~

SCÈNE PREMIÈRE.

PLUSIEURS OUVRIERS PEINTRES, MAÇONS, CHARPENTIERS, *en costume de travail ; les maçons en veste sur l'épaule ; les peintres, avec le bonnet de papier sur la tête. — Ils sont grouppés de diverses manières, et le morceau de pain sous le bras, le couteau à la main ; ils sont occupés à déjeûner.*

PREMIER OUVRIER, *s'asseyant.*

Tout d'même, mes enfans, y a d'l'ouvrage dans une arque de triomphle.

2e. OUVRIER.

Oui, mais all' s'ra belle... tu peux t'en flatter... sitôt qu'elle sera faite...

CHŒUR.

Air : *En avant, en avant, en avant toujours.*

Déjeûnons (*bis.*)
Vîte et sans façons
Déjeûnons (*bis.*)
Peintres et maçons ;
Dépêchons, (*bis.*)
Plutôt j'travaill'rons,
Et plutôt j'finirons.

UN OUVRIER.

J'ons à faire encor,
Tout en lettres d'or
L'nom d'un princ' juste et sage.

UN AUTRE.

Sous mon pinceau j'dois
R'tracer sus exploits,
C'est moi qu'a l'plus d'ouvrage.

Déjeûnons, etc.

Iᵉʳ. OUVRIER.

La nuit a été fraîche, buvons un coup pour nous réchauffer.

2ᵉ. OUVRIER, *buvant à la bouteille.*

Ça va...

(*Même air.*)

J'bois à nos soldats.

UN AUTRE, *la prenant.*

J'bois à leurs combats.

PREMIER OUVRIER, *l'arrétant.*

Tout ça c'est à merveille !
Mais si j'te laissais
Boire à leurs succès,
Tu vid'rais la bouteille.

(*Il boit a son tour.*)

Déjeûnons, ete.

2ᵉ. OUVRIER, *la bouche pleine.*

Dis donc, Mustapha, prête-moi une croûte pour finir.

Iᵉʳ. OUVRIER.

Quiens, dis donc, Jean Marie ! c'qu'un peintre comme toi peut manger d'croûtes.

2ᵉ. OUVRIER.

Allons, c'est bon, t'es joliment goulu va !.. tu peux t'en flatter, viens m'emprunter ma brosse, tu verras.

1er. OUVRIER.

Dites donc, voilà monsieur Pincemaille, un vieux farceur, dont j'ai fait la connaissance au spectacle gratis à la Gaîté.

2e. OUVRIER.

Ah! ah! il a une bonne tête...

SCÈNE II.

LES MÊMES, PINCEMAILLE, *il entre à reculons en regardant en l'air avec une lunette d'approche.*

PINCEMAILLE, *regardant.*

Oh! oh! oh! diable! diable! mais voilà qui est de toute beauté, de toute beauté!.

1er. OUVRIER.

Vous trouvez monsieur Pincemaille?

PINCEMAILLE.

Je ne me trompe pas, c'est monsieur Badigeon, peintre-vernisseur.

TOUS.

Monsieur Pincemaille, vot' serviteur...

PINCEMAILLE.

J'ai bien l'honneur de vous saluer, Messieurs.

TOUS.

Votre santé est bonne, monsieur Pincemaille?

PINCEMAILLE.

Mais vous êtes bien honnête.

UN OUVRIER.

Et madame Pincemaille, comment va-t-elle?

PINCEMAILLE.

Mais vous êtes bien bon, je ne peux pas trop vous dire, attendu que je suis garçon...

UN AUTRE.

A la bonne heure, et vos petits enfans, monsieur Pincemaille.

PINCEMAILLE.

Messieurs, je n'ai jamais eu d'enfans, par mesure d'économie... dans ce siècle ci, la paternité est extrêmement onéreuse...: aussi je vis célibataire, depuis que je suis veuf, et je n'ai jamais voulu augmenter mon personnel.

1er OUVRIER.

Oh ! c'est un homme d'esprit monsieur Pincemaille, il sait que deux et deux font quatre.

PINCEMAILLE.

Oui, sans compter les intérêts ; ah ! ça mais, qu'est-ce donc qui vous attire ici, mes enfans, et comment se fait il que vous ne soyez pas eu frairie aujourd'hui... le jour où Paris doit être témoin du retour de l'armée française, et de son Prince généralissime.

1er OUVRIER.

Comment, mais nous le savons ben... vous n'avez donc pas vû l'arc de triomphe de l'Etoile ?

PINCEMAILLE.

Si parbleu !

1er OUVRIER.

Eh ! ben, nous sommes en train d'y travailler.

PINCEMAILLE.

Comment travailler ? tu dis que tu travailles et tu manges... que font ces Messieurs ? ils flânent...

1er OUVRIER.

Tiens, nous déjeûnons !..

Air . *Ah! ma mère, est-ce que j'sais ça ?*

Dam' ! faut bèn manger et boire.

PINCEMAILLE.

Quel motif bas et petit !
Quand il s'agit de la gloire,
Pense t-on à l'appétit ?
Croyez-vous qu'les fils d'Turenne,
Quand l'signal était donné,
Disaient à leur capitaine :
Nous n'avons pas déjeûné.

1ᵉʳ. OUVRIER.

Soyez donc tranquille, nous avons le temps!..

PINCEMAILLE.

Oui le temps, vous ne savez donc pas que les français doivent arriver aujourd'hui...

1ᵉʳ. OUVRIER.

Laissez-donc, nous savons les nouvelles aussi.

PINCEMAILLE.

Voilà-t-il pas encore des fameuses têtes de politiques des colleurs de papier... vous allez chercher vos nouvelles dans le pot-à-colle !

TOUS.

Ah ! ça, dites donc, monsieur Pincemaille.

PINCEMAILLE.

Le fait est que plusieurs diplomates de mes amis, qui tiennent leur séance sous l'arbre de Cracovie, m'ont assuré comme une chose officielle, que l'armée arrivait sous l'arc de triomphe, entre midi un quart et midi vingt minutes.

1ᵉʳ. OUVRIER.

Allons, allons, aussi bien notre demi heure est passée.

Air : *Tu vas changer de costume, etc.*

(Pauvre Diable.)

Tôt dépêchons,
Marchons,
Et reprenons
Le pinceau z'en main, remontons à l'échelle;
Pour nos soldats
Démanchons-nous les bras,
C'est leur triomph' qui nous appelle.

PINCEMAILLE.

Travaillez fort, puis vous boirez après;
Que ce matin, chacun se sacrifie :
Il faut savoir, en artiste français,
Rester à jeûn pour la patrie.

TOUS.

Tôt dépêchons, etc.

(Ils sortent.)

SCÈNE III.

PINCEMAILLE, *ensuite* MAD. MALASSIS.

PINCEMAILLE, *les reconduisant.*

C'est cela, mes gaillards, et faites-moi quelque chose de joli... ah ! ah ! j'aperçois cette brave loueuse de chaise des Tuileries... madame Malassis, elle vient ici établir son commerce... j'vais lui faire un doigt de cour, afin qu'elle me donne, si c'est possible, une chaise sans aucune rétribution.

MAD. MALASSIS, *entre en parlant à la cantonnade.*

Allons donc, petit garçon... avancez-donc... Fifi, Fifi... ici grand paresseux !

LE PETIT GARÇON, *tout couvert de petits bancs et de chaises.*

Ahais ! paresseux !.. quand je porte la charge d'un âne... c'est tout ce que je peux faire... des chaises, des bancs, des tabourets... vous voyez bien que j'ai les premières loges sous mon bras et les secondes sur la tête.

PINCEMAILLE.

Bonjour, madame Malassis, vous allez ouvrir votre établissement de bonne heure !

MAD MALASSIS.

Je le crois bien, un jour comme aujourd'hui.

LE PETIT GARÇON.

Dites donc ma tante, vous m'aviez promis quet'chose, si j'portais bien les chaises.

PINCEMAILLE.

Oui, oui, il est bien gentil, (*à part.*) elle est intéressée... faut la prendre par la générosité. (*haut.*) Tiens, mon ami, voilà un beau sou...va-t-en boire un verre de coco... et tu me rapporteras la monnaie.

LE PETIT GARÇON.

Ah ! ben, à la bonne heure, quand on donne pour boire. (*Il sort.*)

(*Mad. Malassis, range ses chaises.*)

PINCEMAILLE.

J'espère que vous allez vous en donner aujourd'hui
à crier, asseyez-vous !

MAD. MALASSIS.

Ah ! dam, j'aurai de quoi.

Air : *Mon galoubet.*

Asseyez-vous, (*bis.*)
Vieux pères
D'nos jeun's militaires,
Aujourd'hui vous les r'verrez tous.
Et vous, qui lui fûtes fidèles,

Dans la foule on tombe.

Crainte d'faux pas, Mesdemoiselles,
Asseyez-vous.

Asseyez-vous, (*bis.*)
Dis-je à tout le monde
A la ronde ;
C'est mon r'frain dans un jour si doux ;
Et vous, prince, dont l'courage brille,
Vous êtes au sein d'vôtre famille :
Asseyez-vous.

Asseyez-vous, (*bis.*)
Dirai-je aux enfans de Bellone,
Qui r'vienn't triomphans parmi nous ;
La paix n'a rien qui vous étonne,
D'Madrid ici, la course est bonne,
Asseyez-vous.

PINCEMAILLE.

C'est très-bien, et combien ferez vous payer ça ? avez
vous des places à six, à quatre et à deux ?..

MAD. MALASSIS.

Je ferais de jolies affaires à ce prix là ! les premières
seront à trente sous, les secondes à quinze, et les
abonnemens généralement suspendus.

PINCEMAILLE.

Ah ! mon dieu, mais c'est exhorbitant ; en ce cas là,
j'irai au parterre tout bonnement. Mais dites donc, moi

qui suis une vieille connaissance, vous me donnerez bien une entrée de faveur?

MAD. MALASSIS.

En v'là encore d'une bonne, un vieux Harpagon comme vous, pour trente malheureux sous.

PINCEMAILLE.

Trente sous, vous voulez donc me mettre sur la paille, avec vos chaises... au surplus, je me passerai de vous, j'ai des connaissances dans le quartier... et j'en irai emprunter une...

MAD MALASSIS.

Allez donc, vilain que vous êtes.

PINCEMAILLE.

Vilain! moi, je suis vilain! vous me payerez celle là... et je ne vous payerai pas vos chaises.

MAD. MALASSIS.

Allez donc, grippe sous!

PINCEMAILLE.

Madame Malassis, souvenez-vous que je suis lié avec le commissaire de votre arrondissement.

MAD. MALASSIS.

Je me moque de vous!

(On entend une ritournelle.)

SCENE IV.

Mad. MALASSIS, *rangeant ses chaises en ligne,* le Père DESCHAMPS, DENISE, LAGRENADE, GERMAINE.

CHŒUR.

Air : *Arrivons tertous.* (Soldat Laboureur.)

Allons, mes amis,
Au devant d'nos frères,
Ces brav's militaires
Revienn'nt à Paris.

DENISE.

Aujourd'hui l's enfans
Vont trouver des pères,

Les fils r'trouv'nt leurs mères,
Les fill's leurs amans.

CHŒUR.

Allons, etc.

DESCHAMPS.

Enfin, nous v'là donc arrivés ?

DENISE.

Lâchais moi donc le bras monsieur Lagrenade !..

LAGRENADE.

Vous voulez me quitter, z'adorable Denise ?

DENISE.

J'voulons voir ces beaux jardins, c'est encore plus grand que not' vigne, oui !

GERMAINE.

Queu plaisir ! nous v'là donc dans ce Paris !.. j'allons donc voir aujourd'hui revenir l'armée et mon bon Charlot !.. car j'espérons que le ciel me l'aura conservé !..

DENISE.

Oh ! moi aussi, ma tante, je l'espère ben !

DESCHAMPS.

Tais-toi, Denise, ça ne te regarde pas.

GERMAINE.

Pourquoi donc ça, mon frère ? est-ce que mon fils n'est plus son cousin ?

DESCHAMPS, *à part.*

Détournons la conversation. (*Haut.*) Eh ben mon vieux Lagrenade, tu ne dis rien... est-ce que ta blessure ?

LAGRENADE.

Moi... je n'y pense pas seulement,. sans elle pourtant, je serais déjà au-devant de mes braves camarades, mais j'vas bientôt le rejoindre, j'étais aussi là bas, moi.

DESCHAMPS.

Et tu veux passer sous l'arc de triomphe aussi toi ?

LAGRENADE.

Ca flatte toujours, quoique ce ne soit pas la première fois.

Air : *On dit que je suis sans malice.* (1)

A ces monumens de la gloire,
Elevés après la victoire,
En l'honneur des soldats français,
Depuis long-temps nous sommes faits.
En Italie, en Allemagne,
En Egypte, en Prusse, en Espagne...,
Corbleu, nous en avons laissés
Partout où nous sommes passés.

DESCHAMPS.

Ah ! ça mon vieux... tu as voulu te trouver à Paris, le jour du retour de tes camarades.

LAGRENADE.

Songe donc au plaisir que j'aurais, si je pouvais retrouver parmi eux le brave jeune homme à qui je dois la vie.

DESCHAMPS.

Comment le reconnaître !

LAGRENADE.

Je le reconnaîtrais dans cent mille !

GERMAINE.

Comment, monsieur Lagrenade, vous avez été sauvé...

DENISE.

Oh ! dieux, racontez-moi donc ça.... j'aime les batailles... (*à part.*) quand il y a quelque belle action, il m'semble toujours que c'est Charlot qui l'a fait !..

LAGRENADE.

Je ne l'oublirai jamais !

Air : *de Cantorbery.*

Me trouvant seul après une victoire,
Il m'en souvient, c'était à Cervera ;
Un peu trop loin, j'voulus chercher la gloire,
Et j'ai manqué, corbleu, de rester là.
Sur les fuyards, mon zèle au loin m'entraîne,
Sans réfléchir un instant au péril ;
Le sabre en main je cours à perdre haleine,
Et j'suis salué par trois coups de fusil.
Je leur fais face, et je veux me défendre,
Mais mon sang coule et j'tombe dans leurs rangs,

____

(1) Supprimé par la censure.

Quand tout-à-coup, de près se fait entendre
L'son du tambour d'un de nos régimens.
Croyant alors qu'on est à leur poursuite ,
Et derrière eux même ne r'gardant pas,
Mes agresseurs vont pour prendre la fuite ,
Et puis soudain reviennent sur leurs pas ;
Car le tambour , plein d'un' audac' guerrière ,
Qui v'nait m'sauver dans ce moment affreux ,
Comm' s'il était suivi d'l'armée entière ,
Etait tout seul , mais il battait comm' deux.
Il fond sur eux , les repouss', les arrête ,
En m'achevant , ils allaient m'dépouiller...
Sur son tambour , il r'pose alors ma tête ;
Pour un soldat , c'est un bon oreiller.
L'rappel alors nous apprend qu'on s'rallie ,
Il me relève et me quitte aussitôt ,
Adieu , m'dit-il , je t'ai sauvé la vie ,
Puis il m'embrasse et disparaît bientôt...
Sans lui, j'allais finir dans la poussière ,
Ou, prisonnier, je s'rais mort de douleur ,
Je lui dois donc c'que j'ai d'mieux sur la terre,
Les jamb', les bras, et la vie et l'honneur.

DESCHAMPS.

Mais morguaine, une fois le Prince aux Tuileries,
j'espère que je nous en retournerons chez nous, et que
je ne pens'rons plus qu'à not' grande affaire.

GERMAINE.

Queu grande affaire donc ?

DENISE.

D'puis quinze jours , ils suchottent toujours ensem-
ble. Dites-donc , mon père , quoique c'est-il , hein?
vous savez ben que j'sis curieuse.

DESCHAMPS.

Tu l'sauras plus tard.

LAGRENADE.

Faut pourtant ben qu'elle aye le mot d'ordre... pour
quelle suivre la consigne.

DESCHAMPS.

Eh ! ben parguenne, il n's'agit pas de tant bargui-
gner... c'te grande affaire c'est que j'voulons te donner
un mari.

GERMAINE.

Vraiment?

DENISE.

Ah ! queu bonheur !.. tant mieux, tant mieux... vous avez là une fameuse idée, papa !

DESCHAMPS,

Et que c'est mon ancien ami Lagrenade qui t'épous'ra.

DENISE ET GERMAINE.

Monsieur Lagrenade.

DENISE, *riant niaisement.*

Oh ! oh !.. monsieur Lagrenade... ah ! ben tant pis, par exemple !

LAGRENADE, *à Deschamps.*

Il me semble que la petite mère, n'a pas du goût pour le service.

DESCHAMPS.

Laisse-donc... il ne s'agit pas de toutes ces raisons-là... J'ai donné ma parole à mon ancien ami, que vous l'aimeriez, Mamselle, et vous savez que Deschamps n'a jamais manqué à sa parole...

DENISE.

J'sais ben, mon père... mais il me semble que... vous auriais ben fait... de me consulter un petit brin, p't-être.

DESCHAMPS, *vivement.*

Paix ! Jarni !

DENISE.

V'là que je m'tais, papa.

DESCHAMPS.

J'sais ben c'que tout ça veut dire ; vous pensez encore à vot' cousin Charlot, qu'est à l'armée ?

LAGRENADE.

Oh ! oh ! un cousin !...

DENISE.

Et qu' j'aimons joliment encore !

(15)

GERMAINE.

Ça c'est vrai, mon frère, qu'ils s'convenaient ben
tous les deux.

DESCHAMPS.

C'était d'z'amitiés de cousin à cousine... d'ailleurs,
Mamselle, jamais vous ne l'épouserez...

DENISE, *pleurant.*

Hou!... hou !...

DESCHAMPS.

J'voulons pour gendre un bon garçon, un brave militaire... j'avons d'l'ambition.

GERMAINE.

Sans faire de tort à monsieur Lagrenade, il me
semble que not' fieux a toutes ces qualités-là.

DESCHAMPS.

Eh ben !.. mais... il me faut un mari qu'ait la croix
d'honneur, et puis quequ's écus... et vot' petit étour-
neau de cousin n'a pas l'sou.

GERMAINE.

Ecoutez donc, mon frère...

Air : *Fille à qui l'on dit un secret.*

Mon Charlot possède un bon cœur,
Et quoiqu'il n'soit pas dans l'aisance,
Sa misèr' lui fait plus d'honneur
Qu'à ben d'autres leur opulence :
Si mon pauvr' Charlot n'a pas d'bien,
C'n'est pas un reproche à lui faire,
Faut pardonner aux enfans qui n'ont rien,
Quand ils donnent tout à leur mère.

DESCHAMPS.

Ça m'est égal, j'veux d'un gendre qui soit gradé...

GERMAINE.

Qu'est-ce qui vous dit ; depuis le temps que j'n'en
avons eu des nouvelles, qu'il n's'est pas fait remar-
quer.

DENISE.

D'abord, il m'disait toujours qu'il voulait devenir ca-
poral.

LAGRENADE.

Ecoute donc , j'aime mamselle Denise comme mon drapeau ou comme mon général, la même répétition, mais cependant mille bombes !..

DESCHAMPS.

Oh ! oh ! Denise est ma fille, elle m'obéira ; quant à toi, j'ons ta parole., ainsi y a pas à revenir là-dessus , et vous , ma sœur , suivez-moi, j'ai à vous parler.

DENISE, *pleurant.*

Ah ! mon dieu ! monsieur Lagrenade, vous seriez bien aimable, si vous n'vouliez pas de moi.

LAGRENADE.

Que je ne vous épouse pas ! ah ! vous êtes trop gentille pour ça , Mamselle. (*A part.*) Corbleu ! que la gloire est une jolie avant-poste quand elle a un corps de réserve comme ça.

(*Il sort.*)

SCÈNE V.

DENISE , *seule.*

Dieux ! mon père est-il taquin ; qu'est-ce qu'il a après c'pauvre Charlot !... n'faut-il donc pas qu'j'y pense... du tout, du tout? oh ! oh ! oh ! c'est embêtant... s'il faut qu'j'épouse monsieur Lagrenade, je m'périrai, c'est sûr, ou j'm'en sauverai.

SCÈNE VI.

DENISE, FLORE , *à la tête de quelques bouquetières,* UNE BONNE D'ENFANS, GRISETTES, etc.

Air : *Gai, gai.*

Gai , gai, c'est aujourd'hui
Qu'nous allons voir les objets d'not tendresse;
Gai , gai , qu'l'amour nous presse ;
Notre bon princ' les ramène avec lui.

FLORE.

J'vas r'voir mon fourrier ,
Et toi , ton lancier ,
Toi , ton officier ,
Toi , ton grenadier ;
Toi , ton brigadier ,
Ton carabinier ,
Toi , ton cuirassier ,
Toi , ton canonnier.

TOUTES.

Gai , gai , etc.

DENISE.

Oh ! oh ! qu'alles sont heureuses !... elles auront
toutes... chacune le sien...

FLORE.

Eh ! ben, quoi qu'elle a donc, c't'infortunée ; est-ce
que vous n'avez point d'amoureux, vous, ma petite
mère ?

DENISE.

Oh! qu'si fait... j'en ons deux , mais il n'y en a
qu'un que j'aime ; c'est un petit tambour.

TOUTES.

Un tambour !

FLORE.

Eh bien ! y en a d'gentils des tambours.

UNE PETITE.

Moi, j'aime mieux les trompettes.

FLORE.

Taisez-vous, tronquette !... Dites-moi, la paysanne,
c'est y le fameux tambour de Logrono qu'est le vôtre.

DENISE.

De Logrono? je n'sais point.

FLORE.

Rassurez-vous, jeunesse, il reviendra, quoique ces
tambours, c'est bien sujet à battre en retraite... l'habi-
tude... mais ne pleurez pas, allez, vous le reverrez...
il sera avec les autres , et le premier en tête.

2

LA BONNE.

Après mon sapeur, mamselle Flore...

LE PETIT ENFANT.

Moi, j'n'aime pas ton sapeur... il m'fait peur.

LA BONNE.

Taisez-vous, mon petit Mimi, vous aurez du sucre d'orge.

FLORE.

J'allons t'y avoir de l'agrément. Dis-donc, la Marjo-laine, as-tu préparé les fleurs?

LA PETITE BOUQUETIÈRE.

Oui, ma cousine.

FLORE.

J'dis qu'c'est galant... d'leur avoir tenu des serres chaudes tout exprès pour les fleurir!

Air : *Lise épouse l'beau Germance.*

Dégarnissons tout's nos serres,
Sur les pas d'nos militaires
Allons répandre des fleurs,
Et varions-en les couleurs.
A l'objet qu'a su lui plaire,
Chacun d'ces brav's s'unira ;
Que d'mariages ça va faire !
N'faut-il pas des ros's pour ça ?

(ter en chœur.)

Pour celui qui les commande,
Mes amis, dans not' offrande,
Il ne faut pas oublier
Et les lys et l'olivier ;
Ce prince, fils de la gloire,
Qu'nous chérissions tant déjà,
Nous a rendu la victoire,
Il faut des lauriers pour ça.

Notre sol en fleurs abonde,
Comm' les jeun's fill's à la ronde
A cette fête ont pris part,
Ell's auront aussi leur part;
Enfin, dans chaque famille,
Un jour comme celui-là,
Les d'moisell's ne s'ront plus fill's,
Faut des grenadiers pour ça.

PLUSIEURS JEUNES FILLES.

Aussi, j'espère bien qu'il y en aura pour tout le monde.

FLORE.

Ça va-t-il faire des nôces à c'te Courtille... d'abord la mienne, je me marierai pour sûr avec mon fourrier de chasseurs, ou avec mon tambour-major.

SCENE VII.

LES MÊMES, PINCEMAILLE, *une chaise sous le bras.*

PINCEMAILLE.

Ah! ah! déjà du public féminin... vîte, vîte, mettons ma chaise au premier rang. Ouf! (*Il s'assied.*) Là, j'ai eu là une bonne idée d'emprunter une chaise à une de mes connaissances, s'il m'avait fallu trotter chez moi et rapporter une chaise de la rue Percée.

UNE GRISETTE.

Dites-donc, mamzelle Flore, regardez donc ce vieux avec sa chaise.

FLORE, *riant.*

Ah! ah! ah! ce pauvre cher homme, il a pris ses précautions... Pardine, c'est monsieur Pincemaille ; je le connais de la Saint-Louis... Il est un peu de la Saint-Jean; faut le faire aller.

PINCEMAILLE.

Comme vous dites, Mesdames, j'ai pris mes précautions, et je vous engage à faire comme moi, mais derrière, parce que je veux voir le cortége et que je suis décidé à crier : *à bas les chapeaux ! à bas...*

TOUTES, *riant.*

Ah! ah! ah!

FLORE.

Il a l'air méchant, le papa.

SCENE VIII.

LES MÊMES, MAD. MALASSIS, *faisant sa tournée.*

MAD. MALASSIS, *à Pincemaille.*

Ah! ah! v'là du monde par ici... Monsieur, votre chaise, s'il vous plaît.

PINCEMAILLE.

Hein?

MAD. MALASSIS.

Je vous demande votre chaise.

PINCEMAILLE.

Ma chaise, pourquoi faire?

MAD MALASSIS.

Pour la payer, trente sous, c'est le prix.

PINCEMAILLE, *se levant.*

Plaisantez-vous, madame Malassis! cette chaise est ma propriété, je suis chez moi.

TOUTES LES FEMMES, *l'entourent.*

Ah! ah! il est chez lui.

PINCEMAILLE.

Oui, je suis chez moi, que diable, cette chaise m'appartient.

Air : *Voulant par ses œuvres complètes,*

Vos procédés sont malhonnêtes,
Madam', laissez-moi vous parler.

MAD. MALASSIS.

Monsieur, pour la place où vous êtes,
Faut payer ou vous en aller.

PINCEMAILLE.

Encore un coup, c'est d'l'arbitraire,
De la place je n'veux pas bouger,
On n'peut pas m'fair' déménager
Puisque je suis propriétaire.

MAD. MALASSIS, *lui parlant à l'oreille.*

Allons ; ça sera vingt-quatre sous pour vous, mais n'en dites rien.

PINCEMAILLE.

Vingt-quatre sous... ah ! ça, il paraît que vous voulez me vexer, mère Malassis, que c'est un parti pris...

UNE JEUNE FILLE, *accourant.*

Grande nouvelle... je viens de voir un soldat.

TOUTES.

Un soldat !

PINCEMAILLE.

Un soldat !.. c'est peut-être l'armée.

TOUTES.

Courons, courons...

FLORE.

En avant les bouquets, je suis votre guide.

PINCEMAILLE.

Voyons donc voir ce que c'est. (*Elles sortent par la droite ; il prend sa chaise et les suit.*)

SCÈNE IX.

DENISE, CHARLOT, *arrivant du côté opposé.*

Air : *Je suis le petit tambour.*

Je suis le petit tambour
Qu'a fait du bruit en Espagne,
Qui r'vient de sa première campagne
Couvert de gloire et plein d'amour.

Que vois-je ! c'est ma Denise.

DENISE.

Eh ! quoi ! c'est toi, mon Charlot ?

CHARLOT.

C'est celle qui m'est promise !

DENISE.

Je n't'attendais pas sitôt.

CHARLOT.

Mille baguett's embrassons-nous donc,
Ma chèr' petit' cousine,
Je conviens, morbleu! qu' ta mine
M'plait encor plus que l'canon.

CHARLOT.

Je suis le petit tambour, etc.

DENISE.

ENSEMB.

Voilà mon petit tambour
Qu'arriv' triomphant d'Espagne,
Et qui r'vient d'sa première campagne
Couvert de gloire et plein d'amour.

DENISE.

Dieu! te voilà!.. ah! quel effet ça me fait.

CHARLOT.

Eh! oui, me voilà, ma chère Denise.

DENISE.

Te v'là tout entier.... ils n't'ont pas blessé?

CHARLOT.

Ce n'est pas de ma faute, j'ai bien fait tout mon possible pour ça...

DENISE.

Est-il grandi! a-t-il profité!... a-t-il crû! dieux! comme t'as crû!

CHARLOT.

C'est à la guerre que les soldats deviennent grands! embrasse-moi donc encore, après une si longue absence, et justement que c'est une commission que j'ai. (*Il l'embrasse.*)

Air : *de Partie Carrée.* (1)

Quand je partis pour revoir ma famille,
Mes camarades, jaloux de mon bonheur,
M'chargèr'nt pour eux d'embrasser chaqu' jeun' fille ;
Tu les vaux toutes dans mon cœur.
Sur ce p'tit minois que j'adore,
Si tu le veux, ma chère, en ce moment,
Me voilà prêt à t'embrasser encore
Pour tout le régiment.

____

(1) Supprimé à la représentation.

DENISE.

Pour tout le régiment ! ah ! ça m'est égal, embrasse-
moi, tant que tu voudras.

CHARLOT.

Qu'est-ce donc ? tu as l'air chagrin, tu ne me regarde
pas ? tu pleures.

DENISE.

Non, j'pleure pas, c'est pour de rire.

CHARLOT.

Mais je le vois bien, qu'est-ce que tu as ?

DENISE.

Dieux ! si tu savais ; eh bien ! oui, là, mon père
veut plus que nous soyons mari et femme ; il va m'donner à un autre... Monsieur Lagrenade, un vieux grenadier... qu'est vieux comme tout.

CHARLOT.

Ah ! bien, voilà du nouveau, par exemple, qu'est-
ce que c'est que ce Lagrenade ?

DENISE.

J'sais pas, moi, c'est un soldat de la troupe, quoi !..

Air : *J'ai perdu mon couteau.* (de Bérat.)

Charlot n'pense pas à moi,
Je n'peux pas être à toi, (*bis.*)
Mon père m'en fait la loi ;
J't'avais gardé ma foi,
Mais on n'dépend pas d'soi,
Je n'peux pas être à toi,
Ah ! n'pens' plus à moi.

CHARLOT.

Eh ! quoi , le pèr' Deschamps
Trait' comm' ça ses enfans,
Il trahit ses sermens...

DENISE.

Dam', il dit comm' ça, mon père,
Qu'l'y faut un vieux militaire.

DENISE.

Corbleu !
J'ai vu le feu ,
Et j'lui prouv'rai , morbleu !
Pour c'qu'est d'être amoureux ,
Que je vaux mieux
Qu'un vieux.

DENISE.

Oh ! moi, j'crois bien qu'tu vaux mieux, pardine,
mais c'est mon père, vois-tu?

DENISE , *pleurant.*

Charlot n'pense plus à moi , etc.

CHARLOT , *pleurant.*

ENSEMB.

Faut donc r'noncer à toi ,
Tu n'peux pas être à moi ,
Tu n'peux pas (*bis.*) être à moi ,
Moi , qui t'gardais ma foi ,
Qui vivais sous ta loi ,
Mais hélas! je l'conçoi ,
On ne dépend pas d'soi ,
De colèr' , jarnigoi !
V'là que j'pleure , je croi.
Ah ! ah !

CHARLOT.

Ton prétendu , corbleu !
N'a qu'à bien t'nir son jeu ,
Car j'te réponds sous peu ,
Que j'vas li battre un' berloque
Ous qu'il faudra qu'il suffoque ;
J'suis bon enfant , c'est bien ,
Mais quoiqu'c'est un ancien ,
J'n'entends pas que l'péquin
Mêl' mon bien avec l'sien.

DENISE.

Tout ça , c'est des bêtises , Charlot , est-ce que tu
voudrais te battre , à-présent?

CHARLOT.

ENSEMB.

Faut donc r'noncer à toi ,

DENISE.

Charlot, n'pens' plus à moi, etc.

SCENE X.

LES MÊMES, DESCHAMPS.

DESCHAMPS.

Qu'est-ce que c'est que ça, ah ! te voilà ici, toi, bon sujet ?

DENISE.

Eh ! mon dieu, mon père.

CHARLOT.

Ah ! bien oui, me voilà, j'apprends de jolies nouvelles...

DESCHAMPS.

Si ça n'te convient pas, tu n'as qu'à repartir, tu feras aussi bien.

CHARLOT.

Comment, monsieur mon Oncle, c'est comme ça que vous me recevez, et vous voulez donner Denise à un autre, mais je le verrai cet autre là, et il aura un peu affaire à moi.

DESCHAMPS.

Oh ! celui-là ne te craint pas, va.

CHARLOT.

C'est ce que nous verrons, je ne le crains pas non plus, allez...

DESCHAMPS.

Toi, conscrit.

CHARLOT, *fièrement.*

Il n'y a plus de conscrits en France.

Air : *Vaudeville de Turenne.*

Sur not' jeunesse il n'faut pas qu'on nous raille,
 Un prince qui nous juge mieux,
 Lui-même a dit sous la mitraille :
 Les jeunes valent bien les vieux. (bis)
Ce général, aux champs de la victoire,
 A confondu sous les mêmes drapeaux
Et les soldats de nos succès nouveaux,
 Et ceux de notre vieille gloire.

DESCHAMPS.

Allons, en v'la assez, a-t-on vu un petit crâne
comme ça.

CHARLOT.

Vous m'renvoyez. Eh bien! j'm'en vas, mais vous
entendrez parler de moi et votre grenadier Lagrenade
aussi, nous verrons et nous nous nous allignerons.

DENISE.

Il se battra!

DESCHAMPS.

Va-t-en, va-t-en, tu ferais mieux d'aller embrasser ta mère.

CHARLOT.

Ma mère? elle est ici?

DENISE.

Oui, elle est là, chez eune pratique; que je suis mal-
heureuse?

CHARLOT.

Air : Tôt tôt tôt, au galop.

Je m'en vais, vous m'chassez,
Ca suffit c'est assez,
J'vais r'voir une mère
Bien chère.
Mais j'r'viens avant peu,
Et vous saurez, morbleu!
Que j'suis dign' d'être vot' neveu.

ENSEMBLE.

CHARLOT.

Je m'en vais, vous m'chassez, etc.

DENISE.

Oh! non, mon Dieu, finissez,
C'est ainsi qu'vous l'chassez,
Mon père
Ca me désespère
Le voilà tout en feu,
Quoi! faut-il pour si peu
Traiter comm' ça votre neveu.

DESCHAMPS.

Partez donc, c'est assez,
Nous s'rons débarrassés,
Vous voulez faire
Le téméraire ;
Si vous rev'nez, morbleu !
Ici, sans mon aveu,
Je vous r'nonce pour mon neveu.

Ici Lagrenade sort de la petite palissade qui est censée fermer le jardin du Marchand de vin, il reste dans le fond, et Charlot entre vivement dans la maison sans l'avoir aperçu.

SCENE XI.

Les Mêmes, LAGRENADE.

LAGRENADE.

Eh ben ! eh ben ! qu'est-ce qu'il y a donc, beau-père, vous me laissez me griser tout seul, et v'là Denise qui pleure.

DENISE.

Pourquoi que vous l'avez renvoyé, ce pauvre Charlot ?

LAGRENADE.

Oh ! oh ! le cousin... est-ce que c'est ce petit tapin que j'viens de voir sortir ?

DESCHAMPS.

Oui, ce petit drôle là faisait le mutin. (*Imitant Charlot.*) J'aime ma cousine, j'veux ma cousine... Je t'en donnerai, moi... Croirais-tu bien qu'il a osé te menacer, toi... dire que tu lui payerais ça ; patati, patata, que nous verrerions.

LAGRENADE.

Vraiment ! ah ! j'vas aller trouver c'cadet-là, je lui ferai voir s'il doit se frotter à deux chevrons bien comptés... corbleu ! si je l'attrape...

DENISE.

Allons, les voilà tous deux comme deux coqs en colère, à présent.

LAGRENADE.

Ah! ah! c'est que s'il bat du tambour... j'lui apprendrai à battre le briquet. (*Il montre son sabre.*) Et d'un' manière sévère encore.

SCÈNE XII.

LES MÊMES, **GERMAINE**, *retenant Charlot qui veut se montrer.*

CHARLOT.

Non, ma mère, non, laissez-moi, puisque c'est lui je veux lui parler.

GERMAINE.

Je t'en prie, Charlot.

CHARLOT.

Non, non.

LAGRENADE, *relevant sa moustache.*

Oh! c'est le petit rantamplan, attendez, nous allons rire.

DENISE.

Air : *du Comte Ory.* (de M. Guénée.)

Par pitié, M'sieur Lagrenade,
Songez que c'est mon cousin.

LAGRENADE.

Faut que l'petit camarade
Recoive un' leçon d'ma main.

DENISE.

Ciel ! v'là Charlot qui s'avance,
Faut-il que j'ayons du malheur!

DESCHAMPS.

Lagrenade, pas d'imprudence.

LAGRENADE.

J'ai mon sabre, sois sans peur.

CHARLOT, *le sabre à la main.*

Il faut qu'tout ça finisse.

LAGRENADE , *tirant son sabre.*
J'vais t'apprendre l'service.

(*Ils s'avancent l'un contre l'autre , s'arrêtent tout-à-
coup et laissent tomber leurs armes.*)

ENSEMB.

L'AGRENADE.
Qu'ai-je vu ? c'est bien lui !
Mon sauveur ici.

CHARLOT.
Qu'ai-je vu ? c'est bien lui !
C'est mon vieil ami.

(*Ils se sautent au cou l'un de l'autre.*)

DESCHAMPS , GERMAINE ET DENISE.
Au lieu d'se battre en ce moment,
Ils s'embrassent... quel changement !

LAGRENADE ET CHARLOT.
Oui, quoi, c'est lui,
C'est mon vieil ami.
jeune

DENISE.
Ils font la paix, quel bonheur !

LAGRENADE.
Oui, mes amis, c'est lui, c'est le jeune tambour qui
m'a sauvé la vie sur le champ de bataille.]

DESCHAMPS.
Est-il possible?

CHARLOT.
Je ne m'attendais pas à vous trouver ici , major , et
si j'avais sû que c'était vous...

LAGRENADE.
Nous ne nous battrons plus , j'espère?

CHARLOT , *tristement.*
Non, major.

Air : *Ces postillons ; etc.*
Quand notre cœur brûle pour une femme ,
La posséder, v'là notre seul désir ;
Et pour l'objet de notre flamme ,
Je le sens-là, s'battre est un grand plaisir. (*bis.*)
(*Montrant Denise.*)

Son pèr', l'honneur, tout veut que je l'oublie,
Prenez-la donc, j'resterons votre ami :
Je n'vous ons pas, là-bas sauvé,
Pour vous l'ôter ici.

LAGRENADE.

Bien, mon garçon. Deschamp laissez nous seuls, je
suis bien aise de causer avec Charlot.

DESCHAMPS.

A la bonne heure, les voilà en pays de connaissance,
viens-t-en Denise. Venez, ma sœur.

DENISE.

Vous ne vous battrez pas au moins.

LAGRENADE.

Non, non, il n'y a pas de danger.

(Ils sortent.)

SCENE XIII.

LAGRENADE, CHARLOT.

LAGRENADE.

C'est donc toi, garçon, qui aime une jolie fille, et
qui veut la souffler à une vieille moustache.

CHARLOT.

Comment, est-ce que?..

LAGRENADE.

Embrasse-moi donc encore, brave luron, est-ce que
tu rougis d'être mon libérateur ?

CHARLOT.

Moi ! (Ils s'embrassent.)

LAGRENADE.

Ah ! ça parlons d'affaires, le père Deschamps veut
me donner sa fille.

CHARLOT, la main au schakos.

Oui, major.

CHARLOT.

LAGRENADE.

C'était une affaire arrangée, mais il paraît que tu l'aimes.

CHARLOT, *même jeu.*

Oui, major.

LAGRENADE.

De son côté la petite cousine qui, comme de raison, aime mieux les jeunes tambours que les vieux grenadiers, te préfère.

CHARLOT.

Oui, major.

LAGRENADE.

Enfin, j'vois qu'si j'épousais ta cousine, nous ne serions pas cousins.

CHARLOT.

Nous serions toujours frères d'armes major.

LAGRENADE.

Oui sans doute, mais ça ne te rendra pas heureux en ménage.

CHARLOT.

Non major, quoique je sois le plus ancien, je suis le plus jeune, c'est à moi de vous céder, je sais ce qu'on doit à un gradé supérieur.

LAGRENADE.

Que dis-tu ?

Air : *Vaud. des Scythes et des Amazonnes.*

Pour me sauver guidé par ton courage,
Tu t'exposais à des périls affreux,
Quand ton bonheur pourrait êtr' mon ouvrage,
Serais-je donc moins que toi généreux. (*bis.*)
Ce jour de paix doit-il nous voir en guerre,
Tous les Français doiv'nt être enfin d'accord.
Au champ d'honneur tu t'es montré mon frère,
Dans nos foyers, ah ! sois mon frère encor,
Sois mon frèr', oui, sois mon frère encor.

CHARLOT.

Corbleu ! mon sous-officier, je serai aussi généreux que vous et je m'en irai.

LAGRENADE.

Je te le défends.

CHARLOT.

J'en mourrai peut être, mais ça m'est égal (*mouve-ment de Lagrenade.*) vous aimez Denise... si, si... j'en suis ben sûr, on ne peut pas la voir sans l'aimer... si vous n'la trouviez pas aimable, il m'semble que j'vous en voudrais... mais j'ai bien vu qu'elle avait su vous plaire... eh! bien, morbleu, vous êtes vieux déjà... vous avez servi trente ans, il faut que vous vous repo-siez, que vous ayez une petite ménagère ben gentille, qui vous donne des petits marmots, qui vous allume votre pipe, l'matin, Denise s'ra vot' fait... que voulez-vous, j'ons vû l'fer des ennemis sur vot' poitrine, j'l'ons écarté, vot' sang coulait, j'l'ons étanché, t'nez c'était avec l'mouchoir qu'elle m'avait donné... et si au-jourd'hui je suis malheureux, c'n'est pas votre faute, c'est la mienne; ça ne s'rait à recommancer que je le ferais encore... eh! bien jarni épousez-la... moi j'suis jeune, j'peux servir long-temps, j'en chercherai une autre que je puisse aimer, je n'en trouv'rai p't'être point, mais il n's'ra pas dit que je vous aurai rendu malheu-reux... embrassez-moi... souv'nez-vous de Charlot, je pars, je ne vous reverrai plus, adieu... et souhaitez-moi un bon voyage...

LAGRENADE.

Corbleu, je ne le souffrirai pas... as-tu donc pû croire que je serais un ingrat... tu t'es trompé ven-trebleu !

CHARLOT.

Adieu! adieu! laissez-moi, laissez-moi.

LAGRENADE.

Reste-là mille bombes. je suis entêté, tu ne partiras pas, il faudra bien que le père Deschamps fasse ce que je voudrai... entends-tu, qu'est-ce que c'est donc qu'un ostiné comme ça,

Air : *Je reconnais ce militaire.*

L'amour me dit qu'dans cette affaire
Je ne dois plus rien espérer,
Puisque c'est toi qu'elle préfère,
C'est à moi de me retirer.

CHARLOT.

Major, j'vous dois l'obéissance,
Mais je r'fûse un' pareill' faveur.

LAGRENADE, *le serrant dans ses bras.*

Puisque je te dois l'existence,
Au moins tu m'devras le bonheur. (*bis.*)

LAGRENADE.

L'amour me dit qu'dans cette affaire, etc.

CHARLOT.

Non, l'obéissanc' militaire
Me dit de n'plus rien espérer,
Et quoi qu'ce soit moi qu'elle préfère,
C'est à moi de me retirer.

LAGRENADE.

Corbleu! nous allons nous fâcher Charlot. (*il appelle.*)
Denise! Denise!

SCÈNE XIV.

Les Mêmes, DESCHAMPS, GERMAINE, DENISE.

DESCHAMPS.

Nous voilà.

LAGRENADE.

Quel petit enragé !

DENISE.

Eh bien, monsieur Lagrenade, que m'voulez vous?

LAGRENADE.

Voilà celui que vous aimez ; je vous le rends. Corbleu ! qu'il soit votre mari...

DENISE.

Ah !...

CHARLOT.

Quel brave homme? est-ce vexant de ne pas pouvoir
le tuer !

DESCHAMPS.

Ah ça, mais je n'entends pas tous ces partages là,
moi...

5

GERMAINE.

Mais, mon frère...

DESCHAMPS.

Ma fille n'épousera que Lagrenade.

DENISE.

Mais, mon père, cependant si monsieur Lagrenade
me refuse, je ne veux pas d'un mari qui ne veuille pas
de moi.

CHARLOT, *attendri.*

Et moi, mon sergent, je vous dis...

LAGRENADE.

Paix, conscrit...

Air : *Ah ! ne croyez pas que j'oublie.*

Mes amis, adieu, je vous quitte,
Je dois obéir à mon cœur ;
Il faut ici que je m'acquitte
Envers mon jeun' libérateur.
Rassur'-toi, mon p'tit camarade,
Je s'rai de r'tour dans un instant ;
Tu connaîtras l'vieux Lagrenade,
Et de lui tu seras content.
Oui, de lui tu seras content.

LAGRENADE.

Mes amis, adieu, etc.

TOUS.

ENSEMB.

Eh ! quoi, Lagrenade nous quitte,
Quel projet a formé son cœur.
Faut-il qu'un ami nous évite
Au moment de notre bonheur.

(*Il leur serre la main et sort par la gauche.*)

DESCHAMPS, DENISE ET GERMAINE.

Qu'est-ce que ça veut dire ?

DESCHAMPS.

Comme il nous plante là comme ça.

GERMAINE.

Je n'y comprends rien.

SCENE XV.

Les Mêmes, *hors* LAGRENADE, le Colonel St.-ER-NEST, *suivi de plusieurs officiers, ils entrent par la droite.*)

LE COLONEL, *aux officiers.*

Oui, Messieurs, l'armée suivra la route en droite ligne, et nous allons rejoindre le premier corps au bois de Boulogne.

CHARLOT.

Dieu ! mon colonel, j'ai oublié l'heure... je suis perdu !

LE COLONEL.

Vous êtes encore ici, tambour, pourquoi ce retard, je vous avais donné deux heures.

DESCHAMPS.

Là, voyez vous, avec toutes ses histoires, il a manqué à son devoir, j'avais raison de le faire partir.

DENISE.

Oh ! monsieur le colonel, c'est pas de sa faute, je vous assure, c'est moi, c'est nous, qui l'avons retenu.

GERMAINE.

Ne le punissez pas, monsieur le colonel, c'est mon fils et il était ben naturel que je l'gardions le plus long-temus possible.

LE COLONEL, *à Germaine.*

C'est votre fils, Madame. (*Germaine fait la révé-rence.*)

DENISE, *même jeu.*

Oui, Monsieur, et c'est aussi mon cousin.

CHARLOT.

Mon colonel, recevez mes excuses, mais je n'ai que du malheur aujourd'hui.

LE COLONEL.

Non, Charlot, rassurez-vous, je ne puis punir dans

une telle journée, surtout quand le coupable est le plus brave soldat de mon régiment.

DESCHAMPS.

Le plus brave du régiment !

GERMAINE.

Mon pauvre Charlot se serait distingué !..

DENISE.

Ah ! voyez-vous, mon père ? je le disais bien, moi.

LE COLONEL.

Oui, mes amis, c'est lui ; c'est Charles Matrau, qui s'est distingué pendant toute la campagne et qui s'est couvert de gloire à Logrono.

TOUS.

Comment... c'est lui.

LE COLONEL.

Air : *Et sa main qui n'a point tremblé.*

(Stanislas.)

Avec un sang-froid tout nouveau,
Ce jeune homme plein de vaillance,
A remporté plus qu'un drapeau,
Car il a pris le pont de Logrono.
L'assaut était donné ,
Et nos soldats bouillans d'impatience,
Tenaient environné
Un bastion qu'ils avaient cannoné.
Pour tenter un dernier effort,
Sur ses murs l'ennemi s'élance,
Et sur nous, du haut de ce fort,
Cent canons vomissent la mort.
Des vainqueurs un instant,
Les chefs prudens répriment la vaillance,
Seul, et tambour battant,
Matrau s'avance, en criant : *en avant!*
La fumée a caché ses pas,
Son tambour ne cesse de battre,
Comme le casque d'Henri-Quatre ;
Il guide toujours nos soldats.
Ce courageux enfant
Au régiment
Sert bientôt de modèle,
Plein d'ardeur et de zèle,
Chaque soldat le suit en un instant.
Du trépas qui le menaçait

On croit long-temps qu'il est victime,
Mais de loin sa voix nous anime,
Et son tambour lui répondait.
En avant, suivez-moi !
Criait toujours notre guide
Intrépide ;
Tout-à-coup je le voi
Sur le rempart se montrer sans effroi.
Surpris, à son secours
J'accours,
Les ennemis avaient quitté la place,
Sur la brèche, chacun l'embrasse
Et l'a nommé le Bayard des tambours. } (bis.)

GERMAINE.

Ah! monsieur le Colonel, quel plaisir vous me faites !..

DESCHAMPS.

Tu aurais fait ça, mon garçon !..

DENISE.

Vous voyez ben, mon père, quand j'vous disais !..

LE COLONEL.

Ce n'est pas tout mes amis.

Air : *le Magistrat irréprochable.*

De sa conduite magnanime,
Charle, en ce jour, va recevoir le prix,
Le prince généralissime
L'a distingué devant les ennemis. (*bis*)

TOUS.

Le prince !

LE COLONEL.

Oui, de l'honneur. ceux qui furent esclaves,
Auront tous des droits à ses yeux ;
Le prince a dû reconnaître les braves,
Il était toujours avec eux.

GERMAINE.

Not' brave Duc, a remarqué mon fils !..

LE COLONEL.

Oui, Madame, et il le nomme chevalier de la Légion
d'Honneur !..

CHARLOT, *au comble de la joie.*

Moi ?

DESCHAMPS.

La croix d'honneur !

GERMAINE ET DENISE.

Mon Charlot... j'en pleurons de joie !..

DESCHAMPS.

J'n'y tiens plus, embrasse-moi donc aussi, mon brave garçon !..

(Ils l'embrassent tous.)

LE COLONEL.

Air : *de Blanchard.*

Un descendant du vaillant Béarnais,
Nous commande et nous encourage,
Car il sait bien , chez le peuple français ,
Qu'en l'honorant , on double le courage.
Auprès de lui l'on peut être accueilli
Par l'honneur et par la vaillance,
Et sous ses drapeaux aujourd'hui ,
Le malheur trouve son appui ,
Et le brave sa récompense.

SCÈNE XVI.

LES MÊMES, LAGRENADE.

LAGRENADE, *s'avançant un papier à la main.*
Place, place !.. je t'apporte une autre récompense, excusez mon Colonel , j'ai demandé aussi une mission au général. (*Il prend Charlot et Denise par la main, et lit le papier.*) « Je donne au brave Charles Matrau, « la permission de se marier.

Signé, le GÉNÉRAL du premier Corps. »

Je t'apporte la permission de te marier et je te donne ma femme , je ne peux rien faire de plus.

DESCHAMPS, *à Denise.*

Embrasse ton mari.

DENISE,

Nous serons donc mariés.

CHARLOT.

Ma chère Denise !

LE COLONEL.

Oui, mes enfans, et tout le régiment fera un repas de corps pour vos nôces.

SCÈNE XVII.

LES MÊMES, FLORE, SA SUITE, PAYSANS, BOURGEOIS.

TOUS.

Pour le coup, les voilà, les voilà !

FLORE.

Nous venons de voir de la hauteur, un nuage de poussière.

LE COLONEL.

Partons, Messieurs, allons, Charlot... à ton poste, il faut que ton tambour se fâsse entendre encore aujourd'hui. (*Il sort.*)

CHARLOT.

Je vous suis, mon colonel.

SCENE XVIII.

PINCÉMAILLE, *accourt en bonnet de papier sur la tête, un gros pinceau à la main, suivi de quelques ouvriers..*

LES OUVRIERS, *riant.*

Ah ! ah ! ah !

PINCÉMAILLE.

Les voilà, les voilà, nous sommes perdus.

FLORE.

Comment, nous sommes perdus !

DESCHAMPS.

Qu'est-il donc arrivé ?

PINCEMAILLE.

Oui, voilà le prince, toute l'armée, et malgré mes soins, mon zèle, l'arc de triomphe n'est pas fini.... je n'en suis pas encore content.

TOUS.

Il n'est pas fini !

DENISE.

Est-il possible !

MAD. MALASSIS.

Quel malheur !

PINCEMAILLE.

Non, et cependant vous me voyez les armes à la main, ils m'ont forcé de me mettre en habit de combat, et j'ai joliment trimé... ils ont prétendu que j'étais le Raphael des colleurs de papier. (*On lui rit au nez.*) Oh ! c'est du guignon, moi qui ai travaillé, demandez leur, ils m'ont joliment fait suer, tenez, les gouttes. (*Il s'essuie le front.*)

FLORE.

C'est égal, mes amis.

Air : *de Julie.*

Que des Français's, ici, l'amour et l'zèle
Travaille au triomph' des Français ;
  A la ros' mêlons l'immortelle,
Et l'olivier, symbole de la paix.
Au devant d'eux que chacun m'accompagne,
En revoyant tous nos vaillans soldats,
Nous semerons des lauriers sur leurs pas,
  Ils s'croiront encore en Espagne.

(*On reprend en chœur les deux derniers vers.*

PINCEMAILLE.

st ça, c'est ça...

VAUDEVILLE.

Air : *d'une Sauteuse.*

LAGRENADE.

Chantons le succès
D'la campagne
Puisqu'en Espagne
Grâce à nos Français
La victoire a conduit la paix.

TOUS.

Chantons le succès, etc.

CHARLOT.

Au milieu des cris
D'l'allégresse
L'peuple s'empresse,
On croit voir, amis,
Rentrer Henri-Quatre à Paris.

TOUS.

Chantons, etc.

DENISE.

Montre-toi souvent
Près d'ta femme ainsi qu'à la guerre,
Comme au paravant
Dis tambour va toujours en avant.

TOUS.

Chantons, etc.

LAGRENADE.

La mèr' Malassis
Avec ses chais's a le béjaune,
Car au tour du trône
Ell' voit tous les Français assis.

TOUS.

Chantons, etc.

FLORE.

Ces guerriers si chers
Vont faire
Tort à la bouqu'tière,
Etés comme hyvers
Leurs lauriers seront toujours verts.

TOUS.

Chantons, etc.

PINCEMAILLE, *au public.*

J'sais qu'on a chanté
Dans chaqu' théâtre c'jour d'ivresse,
J'donnerai pour la pièce
Mes vingt cinq sous à la Gaîté.

TOUS.

Chantons, etc.

PINCEMAILLE.

Courons, marchons, volons!..

DES PAYSANS, *revenant.*

Il n'est plus temps, les voilà, les voilà.

MAD. MALASSIS.

Eh! mes chaises, mes chaises...(*Tout le monde monte
sur les chaises.*

PINCEMAILLE.

Laissez-moi donc passer. (*Il monte aussi.*)

MAD. MALASSIS.

Mais, Monsieur, on ne monte pas sur les chaises.

TOUS.

Assis ! assis !

PINCEMAILLE.

Prenez donc garde, vous allez me renverser.

1er. OUVRIER.

A l'ouvrage.

PLUSIEURS BOUQUETIÈRES.

A l'arc de triomphe !

UN PAYSAN.

Vîte ! vîte !

PINCEMAILLE.

Silence ! donc, silence ! on n'entend pas la musique
Les femmes sortent toutes, portant des fleurs.)

(Tout le monde se presse; Pincemaille est poussé, la chaise sur laquelle il est s'enfonce, il passe au travers; la foule l'entraîne.

PINCEMAILLE, *criant.*

Hai ! hai ! j'étouffe ! je suis mort.

SCÈNE XIX ET DERNIÈRE.

TOUS LES PERSONNAGES.

(La toile du fond se lève, et laisse voir une partie de l'arc de triomphe, que des hommes, des femmes, des enfans achèvent de parer de fleurs. On entend une marche triomphale.)

CHŒUR.

Air : *Final de Jeannot et Colin.*

Héros, chers à la France,
Vous voilà, vous voilà revenus,
Désormais plus d'absence,
Ah ! ne nous quittez plus.

(Le chœur reprend plusieurs fois pendant la marche. Le Colonel paraît au milieu de l'état-major, et décore Charlot, qui embrasse sa famille. — Tableau général.)

FIN.